D1720057

STATION

ERIK TANNHÆUSER

Stationen

Erik Tannhäuser (Hg.)

mit Texten von *Agata Dlugos, Steffi Weiss.*

Dlugos, Agata; Weiss, Steffi:
Erik Tannhäuser - STATIONEN

1. Auflage,

Berlin, 2012

© 2012 BWW Verlag GbR Buchholzer Str. 65,
13156 Berlin

Druck: Advantage-Printpool GmbH Cecinastr. 37,
82205 Gilching

ISBN 978-3-9815423-0-1

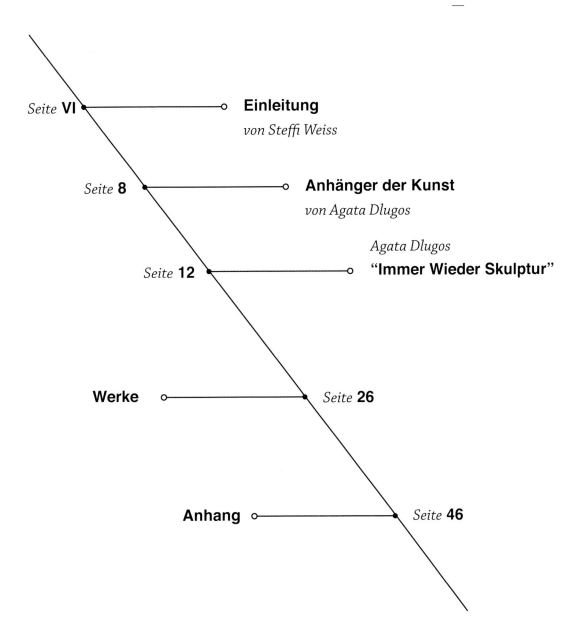

Stationen

Erik Tannhäusers figurative bis abstrakte Plastiken und Bildwerke stellen Menschen, Tiere und Landschaften in verschiedenen Seinszuständen dar. Sie wirken rau. Sie sind annähernd lebensgroß und im Augenblick eines scheinbaren Bewegungszustandes festgehalten. Sie halten inne oder setzen gerade zur nächsten Aktion an. Seine Skulpturen sind wie Reisende, die er in Eigenregie in der Öffentlichkeit auftauchen lässt.

Zum Auftakt eröffnete der in Berlin lebende und arbeitende Bildhauer seinen eigenen Skulpturengarten in Berlin-Zehlendorf mit der Ausstellung *Von der Zeit gezeichnet, vom Zwiespalt geprägt*. Die Resonanz der interessierten Besucher auf diese Aktion weckte bei Tannhäuser vielleicht den Impuls, einen Anhänger für seine Skulpturen zum Transport an verschiedene Stationen zu bauen. Daraus wurde der *Anhänger der Kunst (adk)*. Ein mobiler Ausstellungsraum für Tannhäusers Skulpturen und als seine Antwort auf den Wettlauf der Künstler in Berlin um Ausstellungsmöglichkeiten. Seit etwa einem Jahr lässt der Künstler den *adk* im Stadtbild von Berlin und im Umland kurzfristig aufkreuzen.

Als freier unabhängiger Künstler agiert Tannhäuser jenseits des Kunstbetriebes. Er schafft Kunstwerke und gibt ihnen Raum. Einen Raum ohne Zugangsbeschränkung, in dem sie wirken und etwas bewirken können. Meistens sind es für Kunst unübliche Orte, wie etwa in der Nähe von Einkaufszentren in der Altstadt Tegel, Reinickendorf oder Spandau, oder an Eventorten wie vor der Metropolishalle in Potsdam, an denen er Flaneure mit seinen Ausstellungen im *adk* überrascht. Auf diese Weise bringt er die Kunst zum Publikum, welches noch gar nicht weiß, dass es sein Publikum ist, sondern erst beim zufälligen Betrachten dazu wird. Der *Anhänger der Kunst* ist mit Internetadresse und *QR-Code* für Smartphones beschriftet und hält die Möglichkeit bereit, selbst zum Anhänger, zum Anhänger von Tannhäusers Kunst zu werden.

Tannhäuser lässt seine Skulpturen von Station zu Station durch verschiedene öffentliche Räume schreiten, die vom unterschiedlichsten Publikum frequentiert werden. Mit der Ausstellung im *Neuen Kranzler Eck* verlassen seine Plastiken den *Skulpturengarten* wie auch den *Reise-Anhänger* und beziehen in den Räumen des *Neuen Kranzler Ecks* Stellung. Eine Stellung, die aus dem Geiste Tannhäusers resultiert. Er lässt seine Werke einen ungewöhnlichen Weg durch Berlin, der Metropole für Kunst, gehen und beschreitet
selbst damit seinen eigenen Weg durch den Kunstdschungel,
gefolgt von Anhängern. — *Steffi Weiss, Berlin 14.08.2012*

Agata Dlugos

Anhänger
der
Kunst

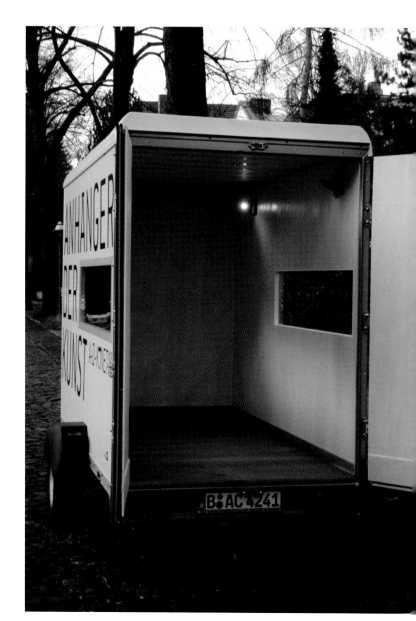

Der *Anhänger der Kunst* trägt das scheinbar Exklusive mitten in den Raum des Alltäglichen. Passanten und Spaziergänger können im Anhänger immer eine Skulptur bestaunen und kommen so an den unerwartetsten Orten in Berührung mit Kunst. Die Fraktur einer Ausstellung ermöglicht eine subtile Annäherung an Kunst und grenzt sich damit von der Überfrachtung in konventionellen Galerien und Museen ab. Die Auseinandersetzung findet nur dann statt, wenn Menschen sich neugierig auf den Anhänger zubewegen und einen Blick durchs Fenster wagen.

Die Galerie auf Rädern parkte bislang an den unterschiedlichsten Orten. Ob Wannsee, Hellersdorf oder der Potsdamer Platz: jeder Ort birgt die Chance Kunst mitten im Stadtleben verfügbar zu machen. Tannhäuser stellt den Anhänger außerdem in Wunschbezirken und Lieblingsorten seiner Fans ab. Kunstinteressierte haben durch das Projekt die Möglichkeit eine Vielfalt an Bezirken kennenzulernen und gemeinsam mit dem Anhänger der Kunst auf eine Reise durch Berlin zu gehen. Dabei schreckt Tannhäuser vor keinem Ort zurück: besonders kultur-, galerie- und museumsschwächere Bezirke profitieren von dieser spontanen Möglichkeit, sich von Kunst berühren zu lassen. — *Agata Dlugos*

ANHÄNGER
DER KUNST
—

Impressionen
Anhänger der Kunst
2011 / 2012

von Agata Dlugos

Immer wieder Skulptur

„Spinoza wähnt die Handlungen immer aus ihrer Notwendigkeit. In der Natur der Dinge gibt es nichts Zufälliges: alles ist aus der Notwendigkeit der Natur bestimmt auf gewisse Weise zu existieren und zu wirken. Über das Bestreben heisst es bei ihm, dass wir nach nichts streben, nichts begehren, weil wir es als gut beurteilen. Vielmehr umgekehrt beurteilen wir darum etwas als gut, weil wir danach streben, es wollen, es begehren.[1] Kunst meine Sprache…"

— *Erik Tannhäuser*

1 vgl.: Spinoza: ETHIK. Leipzig 1975, S. 287

In eben dieser Notwendigkeit steht Erik Tannhäuser. Aus dieser Notwendigkeit heraus entstehen seine Skulpturen. Mit einem Temperament des Schweigens in die Welt gesetzt fand er seine Krücke in der Kunst und spricht, skizziert Dialoge, formt Momente:

> *„Wenn ich eine Skulptur mache ist es eine Darstellung, eine Situation, meistens zwischenmenschliche Begebenheiten, die sich aus meinem Alltag erschließen. Schnappschüsse und Wackelbilder und nie der Moment der Blüte selber."*

Tannhäusers Skulpturen sind anders, weil sie Türen aufmachen und Fragen formulieren. Anstatt durch Form und Haltbarkeit Manifestation auszustrahlen, überträgt der Künstler Entwicklungen, Prozesse und immer den Moment im *Zwischen* auf Knochenleim und Asche, Schnur, Glas oder Beton. Schmerzhaft treffen Zwiespalt und Verzweiflung aufeinander und tragen stets einen dominanten Beigeschmack stummen Schmerzes.
Es ist nicht zu übersehen – Tannhäuser schreit.

Im Sommer zu heiss,
im Winter so kalt

Aufgewachsen ist Erik Tannhäuser in Wintersdorf, ein 3000 Seelendorf in Thüringen. Schon im frühen Kindesalter wird ihm seine Andersartigkeit schmerzhaft bewusst, er fühlt sich fremd und gesellschaftlich ausgeschlossen. Sowohl seine Schwester als auch er erben die Unfähigkeit sich verbal auszudrücken und leiden unter der Stille ihres Elternhauses. Tannhäusers Mutter ist in einem Haushalt aufgewachsen, wo Sprache permanent verboten wurde und auch sein Vater überträgt konsequent sprachliche Kälte und Kargheit:

> *„Man hat in dieser Familie grundsätzlich nicht gesprochen. So habe ich mir Zwischenmenschliches im Visuellen erarbeitet."*

Es entsteht ein Konflikt, der Tannhäuser rastlos auf die Suche nach Nähe, nach Dialog und schließlich zum eigenen Ausdruck bringt. Ein Stück davon kann er im Thüringer Wald finden. Inmitten der überwältigenden Natur findet er ein Verständnis für die Wesentlichkeit der Dinge und dafür, dass alles seinen Sinn in sich trägt. Hier ist es vor allem die Brutalität der Natur, die ihn fasziniert:

„Im Sommer zu heiss, im Winter so kalt, dass ich den Schlüssel in der Hand nicht um-
drehen konnte, weil meine Finger zu kalt waren und die Handschuhe klitschnass."

Die schmerzhafte Akzeptanz der Naturgewalt und der Versuch, die Problematik mit dem
Vater zu überwinden treiben ihn immer wieder in den Wald. Hier findet Tannhäuser eine
Höhle in einem ehemals vom russischen Militär besetzten Gebiet. Sie haben die Wälder
verlassen und Bombenkrater hinterlassen, mit Baumstämmen bedeckt, um sich vor Feinden
zu verstecken.

„In einer dieser Höhlen habe ich viel Zeit verbracht, da gab es so einen kleinen Ofen,
den ich im Winter immer angefeuert hab um altes Brot aufzuwärmen, das hab ich
dann gegessen."

Dieser Versuch inmitten der Kälte der gnadenlosen Natur zu bestehen markiert einen
wesentlichen ästhetischen Moment, aus dem sich ein erstes Empfinden für die Dinge
entwickelt. Mit 5 Jahren beginnt Tannhäuser es in Handstudien umzusetzen und skizziert
Gesten – Hände, die einen Löffel halten im bewegten Moment. Hände, die Bezug nehmen,
Hände, in denen Handlungen abzulesen sind. Immer Botschaft, immer sendebereit.
Die Auseinandersetzung mit dem Vater bleibt, die unermüdliche Konsequenz der Natur
genauso. Er beobachtet, wie sich die Dinge immer im Vergehen und Entwickeln befinden
und wie auch das Vergehen immer eine neue Geburt zur Folge hat:

„Wenn die Bäume die Blätter abwerfen ist eigentlich auch schon die neue Knospe
vorhanden. Es gibt nie den Moment, in dem alles blüht, sondern es ist immer alles im
Wandel. Den Moment der Vollkommenheit habe ich nie erlebt, oder wenn, dann nur
ganz flüchtig. Deshalb sind die Skulpturen, die ich mache, nie vollkommen sondern im
Moment vor der Blüte oder dem Verfall, sie tragen diesen Moment in sich."

In der Zeichnung sucht Tannhäuser die Auseinandersetzung mit dem Vater. Wo Momente
von Zorn und Wut mit Worten nicht greifbar waren, da ging es mit der Hand:

„Als Kind hab ich einfach Bilder gemalt, auf denen ich meinem
Vater die Zunge rausstrecke. Zeichnen war mein Sprachrohr.
Ich hab all das, was ich meinen Eltern nicht sagen konnte und
durfte so umgesetzt. Ich habe im Visuellen Sprache erkundet,
mich in der Natur verstanden gefühlt und da gab es diese
kompromisslose Konsequenz ja auch – wenn der kalte Winter
kam, hat der ja auch die ganze Pflanzenwelt so behandelt, die
Tiere, die gestorben sind, die Blätter, die von den Bäumen

IMMER WIEDER
SKULPTUR
—

gefallen sind, die Seen, die im Sommer ausgetrocknet sind. Ich hab die Dinge immer in solch einem Kontext erschaffen."

Ästhetische Entwicklungen

Im Versuch, diese seine Welt zu begreifen reagiert Tannhäuser stets im visuellen Dialog auf die Konsequenz von Natur und Vater. Hier entdeckt er sein Interesse für Material. Aus dem Wald schleppt er alles mögliche nach Hause und sammelt seine Fundstücke in seinem Zimmer. Hier wird alles ins Verhältnis gebracht, Dinge zueinander gestellt und damit in die Kommunikation geführt. Er spielt Möglichkeiten durch und stellt eine Kiste mit Bausteinen neben Pflanzen aus dem Wald. Die Anordnung der Gardine hat ihr genaues Maß, in dem sie zum Apfelbaum stehen muss. Das Papier, wie es auf dem Tisch im Verhältnis zum Stift liegt – diese Dinge sind ganz wesentlich. Es geht immer um den stimmigen Dialog und es musste gut zueinander stehen:

> *„Ich wusste ja nie in welchem Verhältnis mein Vater und ich stehen, wollte vom Passiven ins Aktive. Ich habe versucht herauszufinden, in welchem Moment er sich zurückzieht, in welchem Maß ich überhaupt Dialog führen kann."*

Er hebt abgebrochenen Putz auf und nimmt ihn auf sein Zimmer. Bewahrt ein Blatt und eine Blume im Einwegglas seiner Mutter auf. Er beobachtet, wie ein Pilz daraus wächst und ist fasziniert von dieser ästhetischen Entwicklung.

Tannhäuser hört nicht auf zu zeichnen. Es wird seine Sprache im Alltag, Ausdruck aus der Notwendigkeit heraus. Neben der Schule und nach dem Unterricht zeichnet er zwischenmenschliche Situationen. Er beginnt Logos für Bands zu entwerfen, verkauft Aufnäher und ist damit in der bandshirtlosen DDR auf der Höhe der Bundesrepublik. Die Affinität zum Selbermachen wurde ihm dabei in die Wiege gelegt, ein gewisses handwerkliches Talent entwickelte sich automatisch im Elternhaus, wo selbstverständlich alles selber gemacht wurde, oder aber man jemanden kannte, der half. So empfindet er auch seine Zeichnung nicht als Kunst im extravaganten Sinne, sondern als Notwendigkeit, als Mittel, dessen es stets bedarf.

> *„Hier war ich tatsächlich ein Stück selbständig von Dir weggekommen, wenn es auch ein wenig an den Wurm erinnerte, der, hinten von einem Fuß niedergetreten, sich mit dem Vorderteil losreißt und zur Seite schleppt. Einigermaßen in Sicherheit war ich, es gab ein Aufatmen."*[2]

2 vgl.: *Michael Müller* (Hrsg.): Franz Kafka. Brief an den Vater. Stuttgart 1995 (Reclams Universal-Bibliothek Nr. 9674), S. 41

Zufluchtsort
Kunst

Das ändert sich im Alter von 14 Jahren, als Tannhäuser mit seiner Familie in die Bundesrepublik zieht und in Bad Zwischenahn bei Oldenburg lebt. Das Gefühl von Ausgeschlossenheit verstärkt sich durch die Übersiedlung in den Norden noch mehr, wo er für seinen Sächsischen Dialekt belächelt wird und sich noch schwerer tut in die verbale Kommunikation zu treten:

> *„Ich habe mich nie als Eremit gesehen sondern fühlte mich einsam und unverstanden. In der Kunst fand ich eine Möglichkeit der Sprache der Dazugehörigkeit zur Gesellschaft, ich habe Kunst nie als etwas Freies empfunden."*

Während Tannhäuser in Thüringen Zuflucht in der Natur finden konnte, sieht er sich in Bad Zwischenahn ohne Schutz. In der Schule arbeiten sie in einer Klasse mit Speckstein und Tannhäuser spürt zum ersten Mal die Diskrepanz zwischen Material und Form. Es gefällt ihm nicht, geht nicht zusammen, lebt nicht. Er beginnt sich mehr und mehr mit Material zu beschäftigen, durchstreift die Gegend in Bad Zwischenahn und findet einen Schrottplatz. Hier entdeckt er Dinge, von denen Paare vorhanden sind und er liest eine Zugehörigkeit. Er schweisst daraus Roboter aus ihrer Funktion heraus, z.B. Motoren, die in Bewegung treten können.

Kurze Zeit später entdeckt Tannhäuser die kleine *Galerie Moderne* des Künstlers *Puck Steinbrecher*, die seinem Schaffen als Kunst eine neue Bedeutung verleiht:

> *„Da war ein tiefblauer Schiffsbalken ausgestellt, schaffte Stimmigkeit des gelebten Schiffes mit eigener Geschichte und gleichzeitig der Spiegel von Himmel und Meer, hier wurde es deutlich für mich wie wesentlich diese Verbindung ist."*

Von da an besucht er die Galerie immer wieder. Fragt sich, was genau ihn berührt und warum, findet in der virtuosen Materialität *Steinbrechers* abstrakter Werke ein Stück Kindheitsnatur wieder. Immer wieder sucht er das alte und vertraute Gefühl, anstatt sich kunsthistorisch zu bereichern. Er beginnt selber ins Figürliche zu gehen und mit seinen Skulpturen im Kontext eines wortkargen, norddeutschen Umfeldes seinen Wunsch nach Kommunikation darzustellen. Hier kann er zum ersten Mal aus der Emotion heraus Skulptur erschaffen, fasziniert von der Unmittelbarkeit mit der ein Gefühl und eine Haltung von Skulptur verkörpert wird. Für Tannhäuser soll nun jedes Werk seine eigene Materialität haben. Nach der Schule gerät

Tannhäuser zufällig in die Werkstatt der *Kulturetage*, als ein befreundeter Bühnenbildner Hilfe beim Kulissenbau für Shakespeares *Sommernachtstraum* sucht. Seine Arbeiten werden als gut gefunden und es folgt ein Auftrag nach dem Anderen. Von da an gehen Auftragsarbeiten, Werbeplastiken und privates Schaffen Hand in Hand. Mit der Möglichkeit sich in der Werkstatt mit vielen Mitarbeitern auszuprobieren werden auch seine eigenen Arbeiten immer größer:

> *„Nachdem ich mit 19 ausgezogen bin, waren meine Objekte riesengroß, ich hatte immer das Bedürnis, dass man mich sieht, hab einen völlig kitschigen 30m langen Drachen gemacht und gedacht – man muss mich doch wahrnehmen! Gleichzeitig will ich mich auch nicht zeigen…ich wollte eine Kunst finden, in der man mich nicht messen kann. Die Schule hab ich nicht abgeschlossen und aus dieser unglaublichen Versagensangst heraus wollte ich unvergleichbare Skulpturen schaffen. Deshalb hab ich Materialien gewählt, mit denen andere nicht arbeiten, damit es nicht vergleichbar ist.“*

Die ersehnte Anerkennung bleibt aus. Bei einer Ausstellungseröffnung stellt Tannhäuser *Der Prozess* aus. Der Esel ist umgeben von Scherben, der Vater weist den Sohn zurecht: *„Aber die Ausstellung geht doch gleich los, jetzt hol doch mal den Besen und mach die Scherben weg.“* Er stößt sich an der Unreinheit, die zu Tannhäusers wesentlichem Fluchtpunkt und seiner spezifischen Arbeitsweise wird:

> *„Die heile Welt war Ihnen wichtig, meine Welt ist nicht heil. Nur das beeindruckende Können hat eine Wirkung, die perfide Beherrschung und Genauigkeit. Meine Formen und Skulpturen sind ziemlich ungenau, sehr roh und rau. Mein Vater war sehr penibel, sehr genau, hat meine Arbeiten immer kritisiert, konnte sie nie stehenlassen und akzeptieren. Ich habe ihn verabscheut, meinen Vater, in diesem kleinlichen Denken und seinem Ordnungssinn.“*

Aus diesem Trotz heraus entwickelt Tannhäuser inneren Protest, den die Skulpturen nach Außen strömen lassen. Materialität wird zum Ausgangspunkt seines Schaffens und hat immer seine Berechtigung:

> *„Das erste was da ist, ist die Thematik, die sich aus dem Moment entwickelt, in dem ich stehe. Aus der Thematik die Form und dann die Materialität, die den Charakter der Form bestimmt. Wenn ich ein Material gewählt habe, lasse ich mich auf seinen Charakter ein und ziehe mich zurück.*

IMMER WIEDER
SKULPTUR
—

18

Beim Geschrittenen Mann beginnt das Material zu leben – Knochenleim und Asche schrumpfen um 10%. Da lasse ich mich auf die tatsächliche Formausprägung ein und die Skulptur erhält ihre Stimmigkeit dadurch, dass das Material es selbst sein darf. Ich modelliere die Skulptur, aber das Material bestimmt den Schwerpunkt, aus dem Gewicht des Tons senkt sich der Arm entsprechend. (…)

Es ist der Moment der Neigung, des Erstarrens, wie er sich durch sein Eigengewicht zieht. Da verändere ich nichts.

Der Wasserfluss entwickelt sich aus der natürlichen Begebenheit der Erdanziehungskraft, ich lasse mich ein auf die Teilhabe des Umfelds. Das hab ich mir immer gewünscht, mit meiner Eigenheit, meinem Wesenszug genommen zu werden."

Ein Hund
unter Menschen

Gerufen von neuen Auftraggebern geht Tannhäuser mit 21 nach Berlin um Werbeplastiken, Requisiten und Filmkulissen fürs Brotgeld anzufertigen. Mit dem Pritschenwagen seines Vaters transportiert er seine wenigen Habseligkeiten, die die Nacht allerdings nicht über-dauern sollen – der Empfang Berlins in seiner Kühle und Härte schlägt radikal zu. Das Material für Stadtlandschaften war für Tannhäuser unausweichlich. Beton und Stahl als klassische Baustellenmaterialien formen einen Rücken, wie Zwischengeschosse eines Hoch-hauses, Arme und Beine sind Ständerwerk. Er stellt die Skulptur in Marzahn aus und findet es stimmig – Funktionalität, klare Strukturen, Notwendigkeit und Kühle, wenig Romantik.

„Der Mensch spiegelt sein Umfeld. Wir nähern uns dem an, was uns umgibt, wählen es aus, formen und werden geformt. Ich ärger mich über diese Verhaltensweisen, dass es immer wieder zum selben Ort steuert. Obwohl man sich die Dinge bewusst macht, kann man sich rein aus sich heraus nicht ändern. Nur wenn die Bezugspunkte und das Äußere sich ändern, werde ich mich ändern können. Der Einfluss ist notwendig, denn rein aus mir heraus ist es nicht zu schaffen."

Erik Tannhäusers Skulpturen markieren immer Wendepunkte, elementare Einschnitte seines Lebens, Stationen. Das Ringen um die Vereinbarkeit des inneren Widerspruchs bleibt. Als der Künstler seine jetzige Frau Veneta kennenlernt, ist er der festen Überzeugung, dass sie ihn nicht akzeptieren wird:

„Mir war klar – sie wird mich in meinem Wesen erkennen und sie wird mich verlassen. Da hat Veneta mich gerettet und mir gezeigt, dass ich liebenswert bin. Auch die Kinder heilen. Alleine hätte ich das nicht geschafft."

Der Esel drückt genau diesen Schmerz aus: „Das, was ich nach Außen gebe, kehrt sich wieder nach Innen. Es ist der Schmerz, den ich mir selber zufüge. Wie soll ich Selbstliebe entwickeln, wenn ich nie welche erfahren hab?"

Mit den Vorderfüßen will er die Stufen hinauf und müht sich hoch, die Hinterbeine stemmen dagegen. Er ist dabei seine Form zu verlieren, um eine neue Form einnehmen zu können und weiss darum, dass die Veränderung unmöglich ist, wenn er diese Stufen nicht besteigt: „Das Lösen aus dem Widerspruch und das Fallen in den Widerspruch ist das, was das Leben eigentlich auszeichnet. Widerstand ist wesentlich um sich bewegen zu können."

Der selbe Widerstand manifestiert sich in Tannhäusers *Statischer Moment* in Form eines Zögerns – die Skulptur besteht aus zwei Holzbeinen, die übereinander stehen und Bewegung im steten Miteinander finden. Tannhäuser hinterfragt die eigene Stabilität und reflektiert die Auswirkungen seiner Handlungen für sich und Teilhabende um ihn herum: „Es ist ein ewig währender, wackliger Moment und es ist nie ganz sicher, ob der nächste Schritt nicht doch zum Fall führt – für mich und für die, die ich mittrage." Die Hölzer, die die Bewegung ausführen, sind völlig verschieden. Manche bestehen aus stabilem Hartholz, fähig Last zu tragen, andere Teile wiederum sind morsch und drohen zu brechen.

Auch der *Geschrittene Mann* trägt diese Charakteristika in sich. Die Skulptur entstand, als er begann mit psychisch kranken Menschen zu arbeiten. Erschrocken von dem körperlichen Verfall in der Psychiatrie ist es der Geist, den Tannhäuser festhalten will. Verfall und An-spannung stehen ihm ins Gesicht geschrieben und man könnte meinen, dass er stürzt. Die Skulptur verkörpert ein Schreiten in die Welt und gleichzeitig die passive Teilhabe:

> „Im Grunde genommen fühle ich mich wie ein Hund, der unter Menschen großgewor-den ist und nie bei seinen Welpen gelebt hat. Es ist ein Wille an Gesellschaft teil-zunehmen da, aber auf der anderen Seite fehlt mir das Wissen, wie das gehen soll."

Das Pferd 'Condé' führt diese Gedanken weiter. Als letztes und bekanntestes Leibreitpferd Friedrich des Großen sagt man ihm Duldsamkeit, Würde und eine geistige Standhaftigkeit nach. Kopf und Hufe bestehen aus Statuario Carrara-Marmor, während der Körper aus weichem und zähem Kupfer geformt ist. Es ist seine bisher längste Arbeit und damit ein deutlicher Bruch mit den Auftragsarbeiten, die eher schnelle Geschich-ten sind, ein Bekenntnis zur Kunst: „ Ich wollte es von innen und außen in der Bedeutsamkeit des Geistes und des Standes in Kontrast setzen zu den vielen Auftragsarbeiten in der Zeit." Condé besteht aus vielen Teilen, jeder Knochen wird akribisch originalgetreu nachgebildet und erhält seine eigene Gewichtung als Träger des Ganzen.

„Es ist die geistige Stärke, die sich dem körperlichem Verfall entgegensetzt."

Für Tannhäuser braucht die Materialfrage sehr lang. Bei ein bis zwei Skulpturen im Jahr nimmt sich der Künstler viel Vorbereitungszeit, bis der Moment in der Darstellung und das passende Material gefunden ist.

> *„Ich suche und verwerfe immer wieder. Ich muss es einmal komplett durchwandeln, den Bewegungskreislauf komplett durchempfinden. Auch wenn ich mit Modellen arbeite muss ich mich immer in die Positionen hineinbegeben, selber in dem Moment gewesen sein."*

Im Portrait von Tamar ist es die Frage nach Charakter, die Tannhäuser dazu treibt ein Portrait aus einzelnen Schieferplatten herzustellen. Hunderte von Punkten ergeben gemeinsam Fragmente eines Gesichts: *„Ich wollte alles zusammenführen, die dunklen und hellen Aspekte ihrer Persönlichkeit. Das alles ist vollkommen im Gesamtbild, das Metall ist wie eine Zange, die ihr Abbild zusammenhält. Und erst aus der Distanz enthüllt sich das Ganze."*

Für den *Geschrittenen Mann* bildet Tannhäuser den Gärtner der Psychiatrie nach. Im Prozess der Herstellung kocht der Künstler Holzasche und Knochenleim auf und setzt den Verwesungszustand wieder in Gang, bis das Material lebendig wird.

Skulptur als Prozess

Auch *Entwicklungen* ist eine Arbeit, mit der sich der Künstler über die Gewalten hinwegzusetzen scheint:

> *„Eigentlich ist es ganz banal. Ich hatte in meiner Werkstatt Bleche draussen liegen und im Herbst sind die abgeworfenen Blätter der Bäume draufgefallen und haben sich durch den Regen abgezeichnet. Das hat mich sehr an diese Ammonitenabdrücke erinnert. Wasser ist ja der Lebensraum von Fischen, daher lag es sehr nah sie zu verwenden, ich wollte den Kreislauf schließen. In der Rotunde sind zwischen den Platten*

30cm Platz um durchzugehen, es muss gleichberechtigt sein, sodass man immer in den Fluss eintreten kann wie im Leben. Man wird geboren und ist in dem Moment, indem man durch die Bleche geht, im Kreislauf des Lebens und nimmt Teil an dieser Entwicklung."

Entwicklungen zeigt in aller Deutlichkeit, mit welcher Ausdauer Erik Tannhäuser an seinen Werken arbeitet.

„Natürlich suche ich ein Gleichgewicht, einen Moment der Ruhe. Aber bis dahin ist der Prozess wichtig, ich muss den Prozess des Wandels durchleben."

Mehrere Tage lang stellt er sein Atelier unter Wasser und erzeugt ein Subtropenklima mit 80% Luftfeuchtigkeit. Die Metallbleche werden entfettet, Fische und Meerespflanzen draufgelegt und alle drei Stunden mit Wasser übergossen. Auch nachts klingelt der Wecker, damit alles im Fluss bleibt.

„Als Jugendlicher hab ich viel Sport gemacht, im Lauf einen Bezug zu meinem Atem, der Kreisbewegung, dem Rhytmus gefunden. Das ist dann auch ins Bildnerische geflossen, dass die Dinge immer im Zyklus funktionieren. Skulptur ist der einzige Moment, in dem ich Ruhe empfinden kann, meinen Atem spüre und bin. Das ist die Sprache, die ich spreche."

Erik Tannhäusers Skulpturen markieren immer eine Auseinandersetzung in der jeweiligen Zeit. Für ihn ist die spannendste Arbeit immer die, an der er gerade arbeitet:

„Ich arbeite immer meine momentane Situation ab. Meine Fragestellung und meine Auseinandersetzung mit einer Problematik finden sich in der aktuellen Arbeit wieder. Ich könnte nicht sagen, dass mir eine Skulptur die liebste ist. Es ist immer das jetzige Thema, was essenziell ist."

Auch *Entnabelung* entsteht aus dieser Unmittelbarkeit. Tannhäusers Frau ist Psychologin und es mehren sich die Gespräche über menschliche Entwicklung. Als seine Tochter Hanin schließlich zur Mutter zieht, fällt der Künstler wieder in seine Schleife – Nähe, Distanz, Widerstand und Auflösung. Wieder ist es das Material, das spricht. Die Mutter porös und grob. Sie, die zieht, oder gibt sie doch? Demgegenüber steht das kindliche, zarte Garn, das Reine. Für Tannhäuser bleibt die Frage Nach Freiheit, Selbstbestimmung:

„Egal wie ich wechsle, die Verhaltensweisen bleiben immer

vorhanden. Man kann sich bewusst wehren, Dinge verändern und damit dem Sinn des Lebens folgen, aber es funktioniert immer nur in geringem Maß, man fällt immer wieder in seinen eigenen Rythmus, seinen eigenen Atem, in seine eigenen Ängste, seine eigene Geschwindigkeit, Vorstellungen, Sehnsüchte."

„Ein Apfelbaum wird nie ein Birnbaum werden, das ist einfach so. Die Gene sollte man nicht unterschätzen. Die ganz große Freiheit ist uns nicht inne. Aber wir müssen uns dem immer wieder stellen und nie resignieren."

Und doch bleibt der Versuch, der Wunsch nach Veränderung:

„Das Bedürfnis die Dinge durchzuschneiden ist eine gelebte Illusion – ich habe viel mit meiner Tochter gesprochen und sehr darauf geachtet, dennoch ist das Verbale auch für sie eine Schwierigkeit. Es ist dramatisch für mich das zu sehen, es nicht überwinden zu können. Man wünscht sich das ja immer, man wehrt sich, all die Rebellion gegen die Eltern...und irgendwann stellt man fest, dass es einem nicht gelungen ist. Ein Moment der Ernüchterung und etwas Tragisches, das einfach weh tut."

Erik Tannhäuser sucht durch seine Skulpturen ein inneres Gleichgewicht. Mehr als das Produkt ist es der essenzielle Prozess und ein damit verbundener Moment der Ruhe, dem der Künstler entgegenstrebt.

Jede Skulptur hat diesen Moment als Ziel, und erst wenn dieser spezifische Moment erreicht ist, kehrt Ruhe ein. Es ist Bewegung, etwas Unfertiges, der Moment des Wandels. Tannhäusers Skulpturen sind sein persönliches Medium der Kommunikation. Er manifestiert nichts, sondern fordert die Betrachter seiner Werke dazu heraus, aus der eigenen Geschichte Emotion zu entfalten, Fragen zu formulieren und letzlich, in den Dialog zu treten.

„Ich bin ein sehr getriebener und rastloser Mensch. In der Skulptur selber strebe ich nach dieser Stille, immer wieder nach dem Moment der Ruhe. Immer wieder Skulptur."

Erik Tannhäusers

Werke

"Ich bin ein sehr getriebener und rastloser Mensch. In der Skulptur selber strebe ich nach dieser Stille, immer wieder nach dem Moment der Ruhe. Immer wieder Skulptur."

"Im Grunde genommen fühle ich mich wie ein Hund, der unter Menschen großgeworden ist und nie bei seinen Welpen gelebt hat. Es ist ein Wille an Gesellschaft teilzunehmen da, aber auf der anderen Seite fehlt mir das Wissen, wie das gehen soll."

Geschrittener Mann
2011

Asche und Knochenleim
155 x 40 x 60 cm

"Der Mensch spiegelt sein Umfeld. Wir nähern uns dem an, was uns umgibt, wählen es aus, formen und werden geformt. Ich ärger mich über diese Verhaltensweisen, dass es immer wieder zum selben Ort steuert. Obwohl man sich die Dinge bewusst macht, kann man sich rein aus sich heraus nicht ändern. Nur wenn die Bezugspunkte und das Äußere sich ändern, werde ich mich ändern können. Der Einfluss ist notwendig, denn rein aus mir heraus ist es nicht zu schaffen."

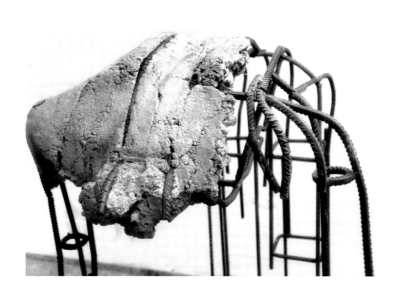

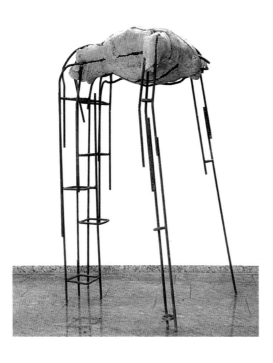

Stadtlandschaft
2011
Beton und Stahl
170 x 60 x 130 cm

"Es ist ein ewig währender, wackliger Moment und es ist nie ganz sicher, ob der nächste Schritt nicht doch zum Fall führt: für mich und für die, die ich mittrage."

Statischer Moment
2011

Holz, Stein und Erde
170 x 50 x 160 cm

"Ein Apfelbaum wird nie ein Birnbaum werden, das ist einfach so.
Die Gene sollte man nicht unterschätzen. Die ganz große Freiheit
ist uns nicht inne. Aber wir müssen uns dem immer wieder stellen
und nie resignieren."

Entnabelung
2010

Kokosschnur, Sisalschnur und Stahl

170 x 100 x 85 cm

"Das, was ich nach Außen gebe, kehrt sich wieder nach Innen. Es ist der Schmerz, den ich mir selber zufüge. Wie soll ich Selbstliebe entwickeln, wenn ich nie welche erfahren hab?"

Der Prozess
2008
Glas
130 x 220 x 50 cm

"Natürlich suche ich ein Gleichgewicht, einen Moment der Ruhe.
Aber bis dahin ist der Prozess wichtig, ich muss den Prozess des Wandels
durchleben."

Entwicklungen
2007
Holz, Lack und Stahl
900 x 300 cm

Entwicklungen I - VIII
2007
Lack und Stahl
150 x 300 cm

Condé
2005

Kupfer und Marmor

190 x 90 x 220 cm

"Es ist die geistige Stärke, die sich dem körperlichem Verfall entgegensetzt."

"Ich wollte alles zusammenführen, die dunklen und hellen Aspekte ihrer Persönlichkeit. Das alles ist vollkommen im Gesamtbild, das Metall ist wie eine Zange, die ihr Abbild zusammenhält. Und erst aus der Distanz enthüllt sich das Ganze."

Portrait Tamar
2005
Schiefer, Silberbronze und Edelstahl
100 x 100 cm

Anhang

Erik Tannhäuser

Foto: DERDEHMEL

geb. **1974** in Altenburg, Studium der Bildhauerei UdK Berlin bei Prof. Evison / Alanus Hochschule Alfter **2002** *Diaokta* in den NET FACTORIES BINISSALEM, Mallorca **2003** *In trockenen Tüchern*, Museumssommernacht, JAPANISCHES PALAIS, Dresden **2004** *Crash*, Wandplastik, PICCADILLY CIRCUS, London / *On Fire*, Feurperformance, *Filmball*, HYGIENEMUSEUM, Dresden **2005** *Tauchstation*, Skulptur FLUGHAFEN FRANKFURT / *Scherenschnitt*, Wandreliefentwurf, ECE, Düsseldorf / *Hier kommt die Sonne*, Plastiken, *Rammsteinvideo / Gedankenreise*, Gruppenausstellung der JANINEBEANGALLERY im CAFE MOSKAU, Berlin **2006** *Friends*, Großplastiken, Fußball WM, München, Frankfurt und Köln / *Begegnung*, Gruppenausstellung, GALERIE SARAIE, Berlin **2007** *Entwicklungen*, ARMAC CONSTRUCTION, Bremen / *Baden Verboten!*, Gruppenausstellung, KALKSBURG, Wien, *11 Pfeifen*, Vertonung mit NHOAH FLUG im R.O.T. STUDIO, Berlin **2008** *Entwicklungen*, Ausstellung auf der MS STUBNITZ in Rostock, Kopenhagen, Amsterdam, Hamburg / *Der Prozess*, GALERIE JUNGER, Berlin **2009** *Sofa xxl*, Skulptur, BERLINALE, Berlin / *Ganz großer Sport*, Skulptur, POTSDAMER PLATZ, Berlin **2010** *Von der Zeit gezeichnet. Vom Zwiespalt geprägt.*, SKULPTURENGARTEN WANNSEE, Berlin / *Zwischenbilanz*, Gruppenausstellung, Schloss Alfter, Alfter **2011** *Faces of Berlin*, FESTIVAL OF LIGHTS, Berlin / *Anhänger der Kunst*, Berlin **2012** *Stationen* NEUES KRANZLER ECK, Berlin

Bildnachweis

Der Prozess (S.45)**:** Mathias Ziems, *Tamar* (S. 35)**:** Matthias Bergemann, *Condé* (S.32 / 33)**,** *Entnabelung* (S. 40 / 41)**:** Julia Meister, *Entwicklungen* (S. 37 / 38 / 39)**:** Jörg Mertens, *Stadtlandschaft* (S. 31)**,** *Geschrittener Mann* (S. 29)**,** *Statischer Moment* (S.43)**,** *Anhänger der Kunst* (S.8 / 10 / 11)**:** Erik Tannhäuser.

Dank

Veneta, Maximilian & Hanin, Wassilka Hentsch, Stefan Bresinski, Viola Krecker, Bernd Sebekow, Falk Böhme, Florian Schwalme, Katrin Wagner, Prof. Andreas Kienlin, Argoneo, unit Zürn.

© 2012 BWW Verlag GbR
Buchholzer Str. 65, 13156 Berlin

Texte: Steffi Weiss, Agata Dlugos
Konzept, Kreative Leitung und Gestaltung: Stefan Bresinski, R. DeJeux, Berlin
Druck: Advantage-Printpool GmbH